KB126482

민화

성선경

1960년 경상남도 창녕에서 태어났다.

1988년『한국일보』신춘문예를 통해 시인으로 등단했다.

시집『널뛰는 직녀에게』『옛사랑을 읽다』『몽유도원을 사다』『모란으로 가는 길』『진경산수』『봄, 풋가지行』『서른 살의 박봉 씨』『석간신문을 읽는 명태 씨』『파랑은 어디서 왔나』『까마중이 머루 알처럼 까맣게 익어 갈 때』『아이야! 저기 솜사탕 하나 집어 줄까?』『네가 청둥오리였을 때 나는 무엇이었을까』『햇빛거울장난』『민화』, 시조집『장수하늘소』, 시선집『돌아갈 수 없는 숲』『여기, 창녕』(공저), 시작에세이집『뿔 달린 낙타를 타고』『새 한 마리 나뭇가지에 앉았다』, 산문집『물칸나를 생각함』, 동요집『똥뫼산에 사는 여우』(작곡 서영수)를 썼다.

고산문학대상, 산해원문화상, 경남문학상, 경상남도문화상 등을 수상했다.

파란시선 0138 민화

1판 1쇄 펴낸날 2024년 3월 1일

지은이 성선경

디자인 최선영

인쇄인 (주)두경 정지오

펴낸이 채상우

펴낸곳 (주)함께하는출판그룹파란

등록번호 제2015-000068호

등록일자 2015년 9월 15일

주소 (10387) 경기도 고양시 일산서구 중앙로 1455 대우시티프라자 B1 202-1호

전화 031-919-4288

팩스 031-919-4287

모바일팩스 0504-441-3439

이메일 bookparan2015@hanmail.net

ⓒ성선경, 2024, printed in Seoul, Korea

ISBN 979-11-91897-73-9 03810

값 12,000원

*이 책 내용의 전부 또는 일부를 재사용하려면 반드시 저작권자와 (주)함께하는출판그룹파란 양측의 동의를 받아야 합니다.

*잘못된 책은 바꾸어 드립니다.

*지은이와의 협의 하에 인지는 생략합니다.

민화

성선경 시집

시인의 말

나쁘게 보아 내치려면 잡초 아닌 게 없고
예쁘게 보아 보듬어 안으려면 모두가 다 꽃이다
이젠 짙고 옅음도 경계가 흐릿하다
내 화단의 남천이 올해는 더 무성하게 자란 듯
비바람과 우박 서리를 다 견딘 저 나무
열매가 참 붉기도 하다.

甲辰 早春
笑笑軒에서

차례

해설

민화 1

작약 한 그루
모란인 줄 알았다 그래도 태연자약
함박꽃이라 그래도 태연자약
구십을 넘긴 할아버지처럼
구십이 다 된 할머니처럼
한낮의 햇살 아래 태연자약
나는 아직 못 가 본 저 세계
참 환하다.

민화 2

된장 맛은 뚝배기라고
똑똑한 년 예쁜 년한테 못 이기고
예쁜 년 돈 많은 년한테 못 이기고
요즘도 어디 화롯불에 된장 뚝배기 올려놓는 집 있다
세상도 알고 보면 다 거기서 거기
돈 많은 년 아들 잘 둔 년한테 못 이기고
니 참 잘났다 된장을 한 숟갈 퍼먹으며
제발 빈다, 아들아!
니 꼭 성공해라.

민화 3

앤두나무 아래로 가서 저 할머니 금방 앤두다
앤두 같은 눈빛, 앤두 같은 볼, 앤두 같은 생각
열일곱, 열여덟 입술이 붉어진
앤두를 따며 앤두 나라로 망명하여
앤두 나라의 시민
처녀 적 앤두 나라의 시민
앤두나무 아래로 가서 저 할아버지 금방 앤두다
앤두 같은 나이, 앤두 같은 말투, 앤두 같은 휘파람
열일곱, 열여덟 눈빛 초롱한
앤두를 주우며 앤두 나라로 망명하여
앤두 나라의 시민
총각 적 앤두 나라의 시민
앤두나무, 앤두나무 아래로 가서.

민화 4

버스로 한 시간 반, 통영 간다
배둔, 고성을 거쳐 한 시간 반 통영 가서
시외버스터미널 앞 큰언니식당에서
백반 정식을 먹는데
생일도 아닌데 미역국이 한 대접
낯모를 곳에서 낯모르는 사람에게 생일상 받는다
구운 간조기 한 마리
김 몇 장, 계란찜
고봉밥 한 그릇, 생일상 받는다
뜻밖 허튼 걸음 버스로 한 시간 반
배둔, 고성을 거쳐 한 시간 반 통영 가
낯모를 곳에서
낯모르는 사람에게 생일상 받는다
따끈따끈하게 낯익은 듯
백반 정식 생일상 참 오지다.

민화 5

초행(初行), 산에 가면 꼭 묻는다
정상은 얼마나 남았습니까?
내려오는 사람들은 한결같이 말한다
이제 거의 다 왔습니다
한참 가다 보면 욕 나온다
첫 경험, 살면서 꼭 묻게 된다
이럴 땐 어떻게 해야 합니까?
해 본 사람들은 하나같이 말한다
까짓것, 해 보면 아무것도 아니야
막상 당해 보면 욕 나온다
저 더러븐 놈들
야! 좀 똑바로 못 혀.

민화 6

살다 보면 저절로 다 아는 수도 있다
가령, 손을 들어도 지나갈 택시는 지나가고
손을 들지 않아도 설 택시는 선다
택시만 그런 게 아니다
세상이 다 그렇다
붙잡아도 갈 사람은 제 길로 가고
밀쳐 내도 있을 사람은 곁에 있다
이건, 누가 가르쳐 줘서 아는 것이 아니다
살다 보면 저절로 다 아는 수가 있다
철새는 철새대로 살고
텃새는 텃새대로 산다
붙잡는다고 될 일이 아니다
그래, 니들 잘났다, 쪼대로 살아라.

민화 7

요즘 세상 참 좋아졌다고
이젠 옛말 필요 없다고 그러지만 그건 아니지
가령, 목욕탕에 가면 비누 주지
수건 주지 치약 주지
거기다 등을 밀어 주는 등밀이까지
이젠 옛말 필요 없다 그러지만, 그건 아니지
등밀이가 아무리 좋아도 아들 손만 하겠느냐고
아무리 꿩 대신 닭이라지만 이건 아니지
가령, 가려운 등 효자손이 아무리 좋기로서니
마누라 손 반만 하겠느냐고
요즘 세상 참 좋아졌다고
이젠 옛말 필요 없다 그러지만 그건 아니지
등밀이가 아무리 좋아도 그렇지
등에 닿는 아들 손만 하겠느냐고.

민화 8

남편은 일찍 명퇴를 하고
아직도 직장에 남아 고생하는 아내에게
그래도 생각는다고 보약을 한 첩을 지어 주곤
남편이 다정히 물었다

―맛있어?

아내가 대답했다.

―맛이 써!

아! 참, 아내는 뭘 몰라.

민화 9

그래, 언제
시간 내어 밥 한 그릇 하자
어깨를 뚜덕이며 내미는 손
나는 벌써 배부른 듯하고
세상 사는 일, 까짓것
별것 아니란 듯 움츠렸던 어깨가 펴지고
가자, 오늘 술 한잔하자
팔을 끌며 이끄는 손
나는 벌써 취한 듯하고
빈 주머니, 까짓것
별것 아니란 듯 가슴이 뻥 뚫리고
밥 한 그릇, 술 한 잔에
없는 누나가 생긴 듯
없는 매형이 나타난 듯
가갸거겨 고교구규
나는 벌써 골목대장이 된 듯하고.

민화 10

군밤장수가 있었네 눈이 오는데
펄펄 눈이 오는데 군밤장수가 있었네
내 팔짱을 낀 그니에게 무얼 사 줄까?
걱정할 필요도 없게 노릇노릇
군밤장수가 있었네 눈이 오는데
징글벨 징글벨 눈이 오는데
군밤장수가 있었네 따끈따끈한 군밤이
한 소쿠리에 삼천 원 군밤장수가 있었네
그분이 오신 날을 며칠 앞두고
펄펄 눈이 오는데 군밤장수가 있었네
가난이 가난을 덮으며
징글벨 징글벨 눈이 오는데
내 팔짱을 낀 그니에게 무얼 사 줄까?
걱정할 필요도 없게 노릇노릇
군밤장수가 있었네 따끈따끈한 군밤이
한 소쿠리에 삼천 원 군밤장수가 있었네.

민화 11

낡은 수도꼭지에서 떨어지는
낙숫물 소리를 듣는다
또옥. 또옥. 또옥. 또옥. 또옥
세숫대야를 받쳐 놓고
칫솔을 물다 잠시 멈칫한다
똑. 똑. 똑. 똑. 똑. 똑
탁, 탁, 탁
또옥, 또옥, 또옥
면도를 마치면 세수나 해야지 해도
똑, 똑, 똑 또옥
똑, 똑, 똑, 똑, 똑, 똑
심장의 박동 소리를 듣는다
늙은 타자기같이
꼭 여럿이 모이면 말줄임표 같다
문을 닫고 나와도 여전히
똑, 똑, 똑, 똑, 똑, 똑
어디서 누가 사십구재를 올리나
목탁 소리가 처량하다
말을 다 하지 못해도 전화를 끊어야 할 때가 있다.

민화 12

오래된 백자가 있어
모란을 품으면 모란병
매화를 품으면 매화병
여름이 와도 지지 않고
가을이 와도 시들지 않네
오래된 사진이 있어
뒷배경은 시골집 툇마루
내 앞에 앉은 아이는 막냇동생
세월이 가도 나이를 먹지 않고
나이를 먹어도 늙지 않는
오래된 기억이 있네
목욕탕의 거울같이 흐릿한
오래된, 오래된 이야기가 있어
국을 담으면 국그릇
밥을 담으면 밥그릇
여름이 와도 지지 않고
가을이 와도 시들지 않네
모란을 품으면 모란병
매화를 품으면 매화병
아주 오래된 백자가 있어.

민화 13

시를 읽는 마음은
폐지나 신문지를 내놓을 때
지난 문예지 한 권을 덧얹어 내는 손
제대로 읽어 내지 못한 글들이
폐지를 줍는 할머니 손에서는 귀한 횡재
그 얼마나 무거운 책값을 하느냐
하는 생각, 내 집에서는 그저
다리 부러진 책상 받침이나 하다가
라면 냄비 받침이나 하다가
이제야 제대로 된 정말 귀한 대접
정말 책값 한다는 생각
사람이든 책이든 제대로 대접받는다는 것
참 소중하다, 시를 읽는 마음은
그들이 제대로 대접받게 하는 것
그저 덧얹은 책 한 권의 마음.

민화 14

창원소방서 맞은편 부산밀면
벽에 붙은 사훈이 멋지다
"산을 밀면 길이 되고 벽을 밀면 문이 된다"
사훈이 정말 멋지다
밀면은 밀가루로 만든 냉면인데
별것 아닌 것들이 별것으로
밀면 다 되는구나
후루룩 넘기면 다 되는구나 생각하니
벽에 붙은 사훈이 너무 멋지다
누가 써 놓은 문구인지 기가 찬다
들어가 밀면을 먹다
나는 생각한다
머리를 밀면 스님이 되고
때를 밀면 선녀도 될까?
농담도 말이 되는
창원소방서 맞은편
부산밀면 사훈이 멋지다
담백한 밀면 육수보다
별것 아닌 별것으로
벽에 붙은 사훈이 더 빛난다.

민화 15

겨울 산은 다 거기서 거기다
눈 내릴 듯 거뭇한 하늘 아래 잎 진 나무들
오십이 넘으면 배운 놈이나 못 배운 놈이나
육십 넘어 잘난 놈이나 못난 놈이나
한바탕 눈이라도 쏟아지면
모두 다 눈밭
칠십 넘어 가진 놈이나 못 가진 놈이나
팔십 넘어 산에 있는 놈이나 방에 앉은 놈이나
단풍이 지고 나면 다 거기서 거기
어렴풋이 알 듯 모를 듯.

민화 16

돌 하나를 모셨네
돌쟁이 베개만 한
어쩜 내 고향의 뒷산 같기도 하고
내 마음의 언덕 같기도 한
돌 하나를 모셨네
책상 위 가만히 올려놓고
내 고향의 뒷산을 올랐다
내 마음의 언덕을 쓰다듬었다
완상을 하는데
이분이 간혹 나에게 말을 걸어와
이러쿵저러쿵 시간을 보내기도 하는데
어떨 땐 대답이 궁한 질문도 해
내 괜한 짓했다 후회하게 만드는
돌쟁이 베개만 한 돌 하나 모셨네
곤혹한 돌쟁이 하나를 모셨네
돌은 돌인데 이건 돌이 아니라서
어쩌다 걸언(乞言)도 하게 되는
큰 이름씨 한 분 모셨네
내 마음도 다 아는.

민화 17

그래, 니 말은 그런데
나는 아무리 들어도 깻묵 네 덩이
니 그캐도 알고, 이캐도 안다
니는 니대로 생각이야 있겠지만
나는 아무리 들어도 깻묵 네 덩이
이미 진국은 다 빠져나가고
허울 좋은 명분만 남은
니 말은 아무리 들어도 깻묵 네 덩이
쓸데없는 깻묵 네 덩이
니 그캐도 알고, 이캐도 다 안다
그래, 니 말은 그렇고 그런데
나는 아무리 들어도 깻묵 네 덩이
아무리 그래도 깻묵 네 덩이
당최, 기름기 없는 깻묵 네 덩이.

민화 18

참 얼척없데이, 이 가을 당신과 같이 단풍 드는 일
당신이 끓여 준 김치찌개를 삼십 년이나 먹고 또 먹고
아직도 맛있다고 낄낄거리는 일, 참 얼척없데이
삼십 년을 함께 살고도 아직 한 이불
삼십 년을 함께 살고도 아직 한 밥상
삼십 년을 함께 살고도 아직 한 마음
이 가을 당신과 함께 단풍 드는 일, 참 얼척없데이
삼십 년 전이나 똑같이 한 뚝배기의 된장찌개에
함께 숟가락을 담그는 일, 참 얼척없데이.

민화 19

자! 물어보자

호박에 줄을 그으면 뭐가 되지?

'수박이요'

아니지 줄 그어진 호박이지

그럼 뛰는 말에다 줄을 그으면 뭐가 되지?

'줄 그어진 말이요'

아니지 그건 얼룩말이지

다시 생각해 봐

겉은 변해도 본질은 변하지 않는 거야

줄이란 그런 것이지

봐! 물어보자

너는 호박이니?

말이니?

민화 20

외상술을 마시기에는 이미 너무 늦은 나이
외상술을 마시다 진주난봉가를 부르기에는 너무 늦은 나
이
늦둥이를 위해 뜰에다 벽오동을 심기에는 너무 늦은 나이
책을 읽으며 밤을 새우기에는 이미 너무 늦은 나이
책에 쓰여진 대로 마음먹고 뜻을 세우기엔 너무 늦은 나
이

그런데
술을 마시고
외상술을 마시고
진주난봉가를 부르고
뜰에다, 뜰에다 벽오동을 심는 저 화상
넌 누구냐?

민화 21

눈이 내리깔리는 나를 보고
아내가 말했다
"당신 잠 오지?"

나는 눈에 힘을 주며 말했다
아니, 당신이 자모(慈母)지!
나는 엄부(嚴父)

날마다 밀물과 썰물이 드는
저 묵묵 바다.

민화 22

음식의 맛은 맵고
짜고 기름진 데 있다는데
이것들은 건강에 몹시 해롭다네
그런데, 시인은 인생의
맵고 짜고 기름진
이 마음을 취하는 사람
어쩌나, 이것 역시
건강에는 매우 해롭다네
그런데도 나는 시를 쓴다네

동녘을 버리고 서로만 가는 달처럼
물새도 물에 빠지면 죽는 것처럼.

민화 23

낙화생(落花生)이라니?
꼭, 땅콩만이
그런 것은 아니다
모래가 씹히는
휴생(虧生)의 사막에서는
꽃이 져야만 열매를 맺는
삶이 도처에 있다
낙화생, 낙화생
갑남과 을녀
장삼과 이사
오늘도, 이 골목 저 골목에서
한낮의 소금기를 씻어 내며
어두운 밤하늘의 이마를 닦고 있다
낙화생이라니?
깨끗해진 하늘에서 별들이 돋아나듯
환하게 불 밝힌 백열등 아래서
하나 둘 셋 넷
낙화생, 낙화생
꽃들이 지고 있다.

민화 24

흰 것은 희고 검은 것은 검다

고니는 매일 목욕을 하지 않아도 희고
까마귀는 매일 먹을 묻히지 않아도 검다

바다로 흘러가지 않는 물이 어디 있으랴
산은 처음부터 높고 물은 원래 낮다

내가 즐겨 함월대라 칭하는 곳도 있고 토월대라 칭하는 곳
도 있다

함월(含月)은 달을 마시는 것이고
토월(吐月)은 달을 뱉는 것인데
함월대에서도 토월대에서도
보름이거나 초순, 마시고 뱉어도 늘 그 달이 그 달이다

피었다 지지 않는 꽃이 어디 있으랴
달팽이 뿔에도 피가 흐르고
스무여드레 달은 사흘도 못 간다

네 속에 내가 있다
흰 것은 희고 검은 것은 검다.

민화 25

어디 옷깃 닿지 않은 인연은 없어
동백의 꽃을 피우는 저 바람은
그대 귀밑머리를 스치고 온 향기
청명의 맑은 공기는
할머니 기일을 생각하게 하고
샛노랗게 유채꽃 피면
그대는 언제 배추흰나비로 올런가?
어머니의 겨울초 텃밭이 떠오르지
배 과수원을 하는 농사꾼은 배꽃이 원수라지만
입하 소만 지나 흰 구름은
그대 기원이 닿아 만든 것
처서 지나 피는 구절초에는
내 젊은 날의 허튼 맹세도 묻어 있어
두어 달 지나면 하얀 서리로도 내리지
할아버지 기일을 지나
솔잎 끝에 관솔 내음 짙어지면
눈도 내리지 않는 대설이 오고
오지 않는 눈이 쌓이듯 살아갈수록 비루한 세상
시린 세상의 바람에 몸을 담그면
나는 어떤 인연으로 여기까지 왔나?

어디 옷깃 닿지 않는 인연은 하나도 없어
찬 이마를 스치는 햇살 한 점도 연비간(聯臂間)
진진한 인연의 끈은 닿아 있어
실핏줄 같은 낙엽의 나뭇잎맥
내 그대의 하마 못다 핀 여린 꿈도
이제는 조금 알 듯도 하이.

민화 26

생활이란 활달하게 노는 것
일단 놀고 본다
살아서 활달하게 노는 것
놀다가 배고프면
일단 먹고 본다
세상의 저 넓은 들판의 곡식
다 입으로 들어가는 것
세상의 저 넓은 바다도
다 입으로 들어가는 것
일단 먹고 본다
먹고 배부르면
잔다, 일단 자고 본다
자고 나면 다시 생일
일어나면 다시 생활
살아서 돌아와 다시 논다
일단 놀고 본다
노는 것이 사는 것
생활이란, 활달하게 노는 것
살아서 활달하게 노는 것
일단 놀고 본다

살아 있는 날들이 다 생일
자고 일어나면 다시 생활
사막은 물이 없는 바다
구름을 벗어난 달.

민화 27

나뭇잎을
나무 입이라고 적는다
우두커니, 숲속에 들어
나는 아무런 말도 하지 않는데
바람이 지나는 길목 저 이파리들
말들이 너무 많아 시끄럽다
숲속에 들어 그림자도 없이 우두커니
나는 허튼 단 한마디도 하지 않는데
저 이파리들 말들이 너무 많아 시끄럽다
시간도 공간도 다 거미줄같이
여기서 저기까지 이어진 다 한 잎맥
나뭇잎을 나무 입이라 적으니
저 이파리들 말들이 너무 많아 시끄럽다
연두는 애잔하고 초록은 관능적
이 여름을 나는 또 어떻게 하나?
숲속에 들어 말도 없이
우두커니.

민화 28

늙은 할머니께서 잔잔한 주름살로 말씀하셨다.
그 몹쓸 시집살이 그땐 어찌 지나왔지만
다시 하라면 정말 못 할 것 같다고

술을 마시다 주먹을 쥐면서 군대 얘기를 했다.
거꾸로 가는 국방부 시계 그땐 어찌 지나왔지만
다시 하라면 정말 못 할 것 같다고

대학 입시를 끝낸 딸이 말했다.
고등학교 삼 년 죽자고 어찌 지나왔지만
다시 하라면 정말 못 할 것 같다고

구름에 반쯤 가린 달
저 허공의 허무

어쩌면 하루살이도 그리 말할 게다
그 더운 여름 하루 어찌 왱왱거리며 지나왔지만
다시 하라면 정말 못 할 것 같다고.

민화 29

사람은 술을 먹습니다.
나중에 어떻게 될 값에라도
술을 먹어야 사람이지
때로는 실없는 농도 하고
헛돈도 퍽퍽 쓰면서
술을 먹어야 사람이지
휘 휘 휘파람
빈 병이 휘파람을 붑니다

나중에, 나중에는 어떻게 될 값에라도

술도 사람을 먹습니다.
이다음 어떻게 될 값에라도
사람을 먹어 치워야 술이지
여기 젊은 놈, 저기 늙은 놈 할 것 없이
사람을 먹어야 술이지
잘난 놈, 못난 놈 퍽퍽 자빠뜨리며
사람을 먹어야 술이지
휘 휘 휘파람
빈 병이 휘파람을 붑니다

다음에 이다음에는 어떻게 될 값에라도

사람이 술을 먹고 술도 사람을 먹고
아무렇게나 뒹구는 저 토악들
휘 휘 휘파람, 휘파람을 붑니다

나중에, 나중에는 어떻게 될 값에라도.

민화 30

장죽을 들고 재떨이를 치듯
땅, 그러니까 뭔가 있다는 거지
할 말은 하고 산다는 것이 아니라
이쯤은 말해도 된다 이거지
너쯤이야 아주 만만하다는 거지
장죽을 들고 재떨이를 치듯
너 이마라도 칠 수 있다는 거지
왠지 어깨에 힘이 들어가고
목이 꼿꼿하게 서는 거지
이리 공 저리 공 넘어갈 수도 있는 일을
귀걸이 코걸이 넘어갈 수 없다는 말이지
땅, 그러니까 뭔가 있다는 거지
이쯤은 말해도 된다는 거지
너쯤이야 아주 만만하다는 거지
꽹과리를 치듯 울릴 만하다는 거지
삽자루 하나쯤은 꽂을 수 있다는 거지
누항사를 쓴 박인로도
한 이만 평쯤 있었다는 거지
그래서 어깨에 힘이 들어가는 거고
목이 꼿꼿하게 서는 거지

너쯤이야, 이마라도 칠 수 있다는 거지
그래서 너나없이 땅땅거리고 보는 거지.

민화 31

내가 뭘 좀 열심히 해 보려고 하면
아내는 눈을 흘기며 그런다
"제법"인데
응 "세법"이라
나는 문득 '제법'이 되었다
그래서 내 법호는 '제법'이다

아내와 나
둘이서 사는 집에서
무릎이 좋지 않은 아내가 몸을 일으키며
나에게 말했다
"누가 나 좀 일으켜 줘"
나는 아내를 일으켜 주면서
다시 '누가'가 되었다
그래서 내 세례명은 '누가'

이젠 나는 후세 걱정이 없다
천당 아니면 극락
'누가' 아니면 '제법'.

민화 32

도를 찾아 길 떠나지 마라
밥 먹고 술 먹는 게 도다
오랜만에 친구를 만나 밥 한술
거기에 반주 한잔
그게 도다
도를 찾아 집 떠나지 마라
둥지를 만들어 그 안에
가족을 품어 따뜻이 깃드는 게 도다
따뜻한 아랫목에 앉아
두레밥상을 마주하여 밥 먹는 일
그게 도다
어느 시인은 자식 입에 밥 들어가는 것이
극락이라 했거늘
어디 따로 천국이 있으랴
도를 찾아 길 떠나지 마라
따뜻이 밥 먹고
술 먹는 게 그게 도다.

민화 33

나이가 들면 눈부터 멀어야 하는 것
더 이상 산마루 산벚꽃이
아슴아슴 보일 듯 말 듯
그 무렵부터 무릎이 아팠다
이젠 더 이상 새 운동화도 필요 없을 것이다

무릇 내가 가지 못한 봄 산은 더 환하겠지?

나이가 들면 귀부터 멀어야 하는 것
오디오의 볼륨을 최대한 높여도
아슴아슴 들릴 듯 아닐 듯
그 무렵부터 무릎이 아팠다
이젠 더 이상 새 CD도 필요 없을 것이다

무릇 내가 듣지 못한 뒷말들이 더 궁금하겠지?

나이가 들면 마음부터 멀어야 하는 것
첫사랑의 얼굴은 기억나는데
아슴아슴 그 이름이 생각날 듯 말 듯
그 무렵부터 무릎이 아팠다

무릇 더 이상 내가 기억해야 할 약속은 없겠지?

무릇 생일 따월 기억해야 할 달력 이제 없겠지?

민화 34

어느 고을에 그릇을 그릇 배운 옹기장수가 있어
매번 먼저 나온 옹기에 나중 나온 옹기를 포개 담는데
나중 나온 옹기는 큰 옹기고
먼저 나온 옹기는 작은 옹기인데
작은 옹기에 그만 마음을 빼앗겨
작은 옹기에 큰 옹기를 담으려고 용을 쓰다가
기어코 큰 옹기도 깨뜨리고 작은 옹기도 깨뜨리는데
그러고도 제 잘못은 모르고 옹기 탓만 하는데
우리 고을에도 그릇 배운 옹기장수가 있어
매번 나중 나온 옹기를 먼저 나온 옹기에 포개 담는데
나중 나온 옹기는 큰 옹기고
먼저 나온 옹기는 작은 옹기인데
작은 옹기에 그만 마음을 빼앗겨
작은 옹기에 큰 옹기를 담으려고 용을 쓰다가
기어코 큰 옹기도 깨뜨리고 작은 옹기도 깨뜨려 버렸는데
그러고도 제 잘못은 모르고 옹기 탓만 하는데
어느 고을이나 꼭 그런 옹기장수가 있어
사람들이 손가락을 흔들며 비웃는데도
그러고도 제 잘못은 모르고 옹기 탓만 하는데
세상에는 사막의 모래같이 너무 많은

그릇을 그릇 배운 옹기장수들.

민화 35

무릎이 아프니
올라가는 일도 낭패고
내려가는 일도 낭패다
오르막엔 뒷다리 짧은 이리
내리막엔 앞다리 짧은 이리
한 계단씩 쓱 쓱 올라갈 땐 몰랐는데
두 걸음에 한 계단씩
오체투지하듯 계단을 오르자니
이 층 내 서재가 고산준봉이다
한 계단씩 쓱 쓱 내려갈 땐 몰랐는데
두 걸음에 한 계단씩
기듯 쩔뚝거리며 내려가자니
일 층 거실이 꿈결 같다
무릎이 아프니
마음 내는 일도 어렵고 행하는 일도 어려워
오르막엔 뒷다리 짧은 이리 같고
내리막엔 앞다리 짧은 이리 같아
무릎보호대를 차다 지팡이를 짚었다 낭패다
무릎이 아프니 겉늙은이 되어 세상이
다 의자로 보여 잠시 쉬었다 가잔 말

목구멍까지 올라와

기가 찬다.

민화 36

　봄이 오고 있다, 새로 꽃이 필 것이다, 한때 나도 꽃이
었다, 누구에게나 다 한때는 있다, 한때 시인이었던 사람,
한때 선생이었던 사람, 겨울이 가고 봄이 오고 있다, 다시
꽃이 필 것이다, 벚꽃이 피고 벚꽃이 질 것이다, 한때 나
도 꿈같은 시인이었다, 한때 나도 여좌천을 걸으며 벚꽃처
럼 피고 싶었다, 한때 나도 만년필을 가지고 다니는 선생
이었다, 여좌천의 벚꽃처럼 피고 지고 싶었다, 벚꽃이 피
는 것처럼, 벚꽃이 지는 것처럼, 구분은 잘 안 되지만 외날
젓기는 카약 양날 젓기는 카약, 한때 혁명처럼 사랑을 하
고, 한때 구호처럼 씩씩한 첨탑이었고, 한때 봄마다 새잎
이 돋는 물관이 튼튼한 나무였다, 한때 나도 꽃이었다, 이
제 새싹의 봄이 오고 있다, 새싹처럼 누구나 다 한때가 있
다, 벚꽃이 피는 것처럼, 벚꽃이 지는 것처럼, 한때의 봄이
오고 있다, 그 한때의 봄이 가고 있다.

민화 37

꽃씨를 심는 게 아니라 화단에 묻는다
기억이 없는 화려한 시절 향기로운 시절
심는 게 아니라 꼭 꼭 흙 속에 묻는다
생도라지를 사 왔을 때 아내는 묻는다
생도라지는 왜?
나는 꽃 핀 시절을 잊기 위해 묻을 거라고
화단에 심는 것이 아니고 묻을 거라고
꽃다운 시절도, 향기로운 한때도
심는 게 아니라 꼭 꼭
흙 속에 묻을 거라고
그러면 아름다운 시절이 날아가지 않느냐?
아내가 또 묻는다
나도 모르지, 모르지만
기억이 없는 화려한 시절 향기로운 시절
그냥 심는 게 아니라 화단에 묻는다
꽃 필 테지? 꼭 꽃 필 테지?
꼭 꼭 묻는다.

민화 38

털이 북슬북슬한 개를 좋아하는 여자와
털이 북슬북슬한 개를 싫어하는 남자가
한집에 살았다 다 좋은데
털이 북슬북슬한 개를 따라
파리들이 날아들기 시작했다
털이 북슬북슬한 개와
파리는 한통속이다
자꾸 눈길을 끈다
털이 북슬북슬한 개를 좋아하는 여자와
털이 북슬북슬한 개를 싫어하는 남자가
한집에 살 때, 거울 속의 나와
거울 밖의 내가 손을 잡듯
개와 파리는 한통속이다,
한 병에 두 개의 빨대, 상대의 눈치를
자꾸 살피게 되듯 눈길을 끈다
그 누구도 피할 수 없는
저 지랄 같은 편두통.

민화 39

내 안의 아내가
그런다

이젠 '아내 안 해'
그런다

내 안의 아내가
내 곁의 아내와 같아졌다
나는 이제 누구와 더불어 사나?
내 안에 아내가
이젠 '아내 안 해' 그러는데

천지가 다 무너졌다.

민화 40

여름, 늦은 점심에 마땅하다 싶어
아내는 열무김치 국물에 국수를 말아 내왔다
아무 생각 없이 국수를 먹는데
아내가 문득 말했다

—대개 맛있지요?

내가 대답했다

—나는 붉어서 홍게인지 알았더만

아내가 내보다 먼저 웃었다
열무김치보다 입꼬리가 더 시큼하다.

민화 41

단풍이 꽃보다 붉단 말 거짓 아니네
시월 서리 한 잔에 벌써 신명이 돌아
저 어깨춤 들썩이는 것 좀 보아
연지 곤지를 찍어도 저리 붉을까?
단풍이 꽃보다 더 곱단 말
거짓이 아니네
나이보다 더 굽은 등걸
몸을 틀어 어깨춤 들썩이는 것 좀 보아!
저 나이에도 어찌 신명이 있을까?
봄의 눈에는 그렇게 보여도
이팔만 청춘이 아니라네
서리 곱게 머리에 이고도 마음 다시 붉으니
단풍이 꽃보다 더 곱단 말 거짓이 아니네
두고 봐, 니들도 그때가 올 테니
신명은 늙지 않고 단풍만 드는
붉은 가을, 그때가 올 테니
낙홍춘정(落紅春情)
단풍이 꽃보다 붉단 말 거짓 아니네.

민화 42

우리는 늘 착각하지
내가 선택할 수 있는 길은 수없이 많다고
그러나 알고 보면 삶은 일선(一線)
늘 우리가 걸어가야 할 길은 하나뿐
늘 일선이지
모든 부처는 일주문을 지나야만
그 광휘를 만날 수 있듯이
우리가 걸어가야 할 길은 하나뿐
언제나 오직 일선이지
내가 가지 못한 길은 원래 없는 길
내가 가지 못한 것이 아니라
내가 갈 수 없는 길이지
그런데 우리는 늘 착각하지
내 앞에는 여러 길이 있었다고
나는 그중 하나의 길을 선택했다고
그러나 알고 보면 삶은 일선
늘 우리가 걸어가야 할 길은 하나뿐
오직 그 하나뿐
나는 오늘도 그 선 위를 걷는다
고개를 숙이고 묵묵히

꼭 내가 선택한 길인 듯
머뭇거리지 않으며
머뭇거리며.

민화 43

두루치기와 제육볶음과 주물럭이
다 돼지고기로 만들어서
그게 그것 같지만
두루치기는 끓이는 것이고
제육볶음은 볶는 것이고
주물럭은 굽는 것이다

우리 사는 게
다 돼지고기 요리 같아서
다 그게 그것 같지만
어떤 것은 볶아 조지는 것이고
어떤 것은 끓여 조지는 것이고
어떤 것은 구워 조지는 것이다

알고 보면 그게 인생.

민화 44

한참을 듣다가 잔만 들다가
눈을 내리깔고 팔도 내리고
할 테면 해 봐라 한번 해 봐라
한참을 듣다가 잔만 들다가
화제(話題)를 만지작거리다가
술잔만 만지작거리다가
퍽 지나치다 싶어서
잔을 들었다가 놓았다가
신발 끈을 묶다가
쓱 지나친다! 계산대
쓰펄 쓰펄 가려운 뒤통수
온통 머릿속을 날아다니는
저, 저 하루살이 떼.

민화 45

　단디는 부적, 어머니가 내게 주신 부적, 집을 나설 때마다 꺼내 주시는 부적, 아주 걱정이 되어서는 아니고, 영 마음이 놓이지 않아서도 아니고, 길 나설 때 차비를 건네주시듯 건네주시는 부적, 난니, 난니, 난니는 부적, 내가 내 아이들에게 붙여 주는 부적, 길을 나설 때마다 건네주는 부적, 내 어머니에게서 받은 부적을 다시 내 아이들에게 건네주는 부적, 아주 걱정이 되어서는 아니고, 영 마음이 놓이지 않아서도 아니고 그냥, 단디, 단디, 습관처럼 꺼내 주는 부적, 평생을 가슴에 품고 다니다 이제야 효험을 느끼는 부적, 조상 대대로 내려온 부적, 자자손손 대대로 내려갈 부적, 귀에서 귀로 이어지는 부적, 주문처럼 입에서 입으로 전해지는 부적, 이제야 가슴속에 자리 잡은 부적, 아주 오래된 부적, 단디.

민화 46

매미는 온 여름의 노래 끝에
벗은 허물만 높은음자리표로 남았는데
거미여! 너는 오선지 위의
무슨 계명으로 우느라
날개조차 잃어버렸느냐?
떨어진 낙엽의 잎맥까지 얼어붙는
늦은 가을의 차가운 상강
귀뚜라미는 어디 가고
하얗게 서리 앉은 섬돌만 남아서
오는 이 없는 축담만 지키고 있는데
거미여! 너는 계명도 없이
거미여! 너는 음표도 없이
어디서 날개조차 잃어버렸느냐?
떨어진 낙엽의 잎맥까지 얼어붙는
구멍 난 예순(睿順)의 허허로운 거미줄
매미는 온 여름의 노래 끝에
높은음자리표만 허물로 벗어 놓았는데.

민화 47

낙타가
사막의 가시나무 잎을 먹으며
온 입술이 자신의 피에 젖듯이
열흘에 아흐레는
빚에서 빚으로
오오! 빛나는 내 밥숟가락이여
구름의 자유처럼 헛된 발자국이여
이자가 이자를 낳는 그믐을 지나
물집의 핏물로 적신 발바닥을 지나
이제야 당도한 늦은 서녘에
거룩한 노을을 내려놓는다
황혼의 혓바닥같이
질긴 내 허기를.

민화 48

하느님, 걱정 마세요
죄가 할 수 있어요
죄가 다 할 수 있어요
세상엔 책임질 죄가 이렇게 많으니
세상은 모래알만큼이나 죄가 많으니
모두, 죄가 할 수 있어요
하느님, 걱정하지 마세요
세상은 모래알만큼이나 죄가 많으니
모래주머니를 차고
모래밭을 열심히 뛰는 사람들
우리 세상은 다 사막이어서 모래알처럼
죄는 이렇게 많고도 또 많으니
하느님, 걱정 마세요
죄가 다 할 수 있어요.

민화 49

봄이 왔다고 저 꽃잎에 집적되는 벌 나비
나는 절대 못 본 척하리라
꽃이 피는 소리 꽃이 지는 소리
정말 나는 못 들은 척하리라

저기 먹장구름이 비를 품고 와
나 이제 절벽같이 뛰어내릴 거야 고함을 질러도
그래 천년을 그렇게 버틴 금강송같이
정말 모른 척하리라

천둥같이
저기 산이 무너지는 소리
강이 넘치는 소리

나는 저 육십 년을 뜨거운 국과 밥으로 속을 채워 왔으나
나의 저 육십 년은 얼음의 말씀 얼음의 발로 꽉 찼습니다

이 차가운 심장.

민화 50

불안(不安)은 불의 안쪽, 펄펄 끓는다
뜨겁다
내 사랑이 아주 가치 없거나
믿음이 늘 부족한 것 아니지만
세상에 부는 바람은 늘 불길을 머금었고
가슴을 적시는 기우(祈雨)는 늘 목마르다
이해도 못 했는데 오해라니!
알고 보면 우리의 일상은 늘 휴화산이어서
아직은 일어나지도 않은 화산이지만
그 휴식은 늘 폭발을 예고하는 불
내 가슴속에서는 이미 여러 번
뜨겁게 불길을 토했다
내 사랑이 충분히 가치 있고
믿음도 산같이 굳건하지만
휴화산도 그 속은 끓고 있어
뜨겁다, 불안은 불의 안쪽
늘 펄펄 끓는다.

민화 51

어느 마을에 소 그림을 잘 그리는
환쟁이가 하나 있어
어쩌다 소를 얻게 되었는데, 그런데
그림을 그리려는데 소뿔이
이 소의 뿔이 마음에 들지 않아
제 마음에 들지 않아서 그만
소뿔을 바로잡으려 들었는데
어쩌나 소뿔을 바로잡다 그만
소를 잡고 말았는데, 그런데
어느 마을에서나 썩
소 그림을 잘 그리는 환쟁이는 있어
근사하게 소 그림을 그리곤 하는데
혹 진짜 소를 얻게 되어서 그림을 그리려다
이 소의 뿔이 마음에 들지 않으면
소뿔을 바로잡으려 들까?
나는 내심 아주 걱정이 되는데
우리 마을에도 소 그림을 썩 잘 그리는
환쟁이들이 있어 내심 걱정되는데
그들도 소를 얻으면 소뿔부터 바로잡으려 들까?
아주 내심 걱정되는데, 그러다

정말 소를 잡을까 걱정되는데.

민화 52

봄날엔 좋은 친구와
도다리 한 접시가 아삼륙
흩날리는 벗나무 아래에 돗자리를 펴고 앉아
새잎 돋는 소리를 듣는 재미
막걸리 한 사발이 아삼륙
함께 늙어 가며 고생했다
서로의 등을 두드리며
다시 잔 권하며 아삼륙
가을에는 국화꽃 향기 아래서
전어 한 접시가 아삼륙
흰 머리칼 서로 못 본 척
가을 단풍 꽃보다 붉다고 너스레를 떨며
생수보다 투명한 소주 한 잔이 아삼륙
우리 이렇게 함께 늙어 가는 것
단풍처럼 곱다고 서로를 다독이며
탐화(探花)에는 봉접(蜂蝶)이라고
허튼 웃음 보이며 다시 잔 권하며 아삼륙
생수보다 투명한 소주 한 잔이 아삼륙
수고했다 고생했다고
서로의 등을 두드리며

다시 잔 권하며 아삼륙
봄 두릅 가을 송이 다 아삼륙
탐화 봉접이 아삼륙.

민화 53

사람보다 그 완장이 먼저다. 인간의 도리보다 법이 먼저이듯 완장만 차면 모두 꽃이 되고, 완장만 차면 다 열매가 된다, 부동산 개발업자들이 시의원이 되듯, 어제의 비루먹은 늙은 교사도 완장만 차면 이느새 열성적인 교육자가 된다.

사람보다는 붉은 완장이 먼저다. 닭 대가리보다 닭 볏이 더 붉듯, 완장만 차면 다 엄지가 되고, 모두 우두머리가 된다, 그 모든 도리보다 법이 먼저이듯, 닭 대가리보다 닭 볏이 더 붉듯.

왼 팔뚝에 찰까요? 오른 팔뚝에 찰까요?
완장이 스님의 단청불사보다 더 붉다.

민화 54

아이다 머라카노, 전화기 저 멀리서 너는 흐느끼고 나는 그대의 쓴 눈물을 힘들게 핥아먹지, 아이다 머라카노, 얼음은 점차 녹지만 네 눈물은 더욱 쓴맛이 받치지, 시간은 얼음처럼 느리게 녹고 나는 다시 이별을 예감하면서 눈물이 어는 빙점을 회상해 내려고 하지, 입은 계속 쓰고 아무리 마셔도 목은 바싹바싹 마르지, 아이다 머라카노, 내 목소리도 점점 낮아지고 얼음이 녹는 속도로 수화기 속의 목소리도 점점 멀어지지, 아아! 아이스 아메리카노, 얼음은 조금씩 조금씩 녹지만 눈물의 쓴맛은 점점 더 받치지, 각진 얼음을 더 넣으며 아이다 아이다 머라카노, 아무리 외쳐도 목은 계속 바싹바싹 마르지 아이스 아메리카노, 너는 흐느끼고 나는 그대의 쓴 눈물을 잘도 핥아먹지, 입은 계속 쓰고 아무리 마셔도 목은 계속 마르지, 얼음에 얼음을 더해도 목은 타고 아이다 머라카노 머라카노 아이스 아메리카노.

민화 55

내 그대 못 보내고 그대 나 붙잡으니
내 잔이 건너가고 또 그대 잔이 건너오고
첫 잔에 달이 뜨고 앉은 채로 달 지는
내 눈먼 앉은뱅이 그대 귀 먼 앉은뱅이
언제 우리 이리 다시 반겨 만나리요
이냥 앉은 채로 이냥 취한 그대로
내 그대 못 보내고 그대 나 못 보내니
맑은 청주면 어떻고 붉은 홍주면 또 어떤가
앉은뱅이 앉은 채로 달 지는 앉은뱅이
내 잔 건너가고 또 그대 잔이 건너오고
이냥 앉은 채로 이냥 취한 이 밤은
내 그대 못 보내고 그대 나 붙잡으니
그대 눈먼 앉은뱅이 내 귀 먼 앉은뱅이.

민화 56

    동지매(冬至梅)를 보려거든 아직 녹지 않은 겨울도 약간, 불같은 사랑을 하려거든 거짓말도 약간, 복수초가 피었다고 저 봄을 가지려거든 꽃샘도 약간, 네게로 가는 기쁨 다 가지려거든 불안도 약간, 화사한 봄볕을 즐기려거든 봄바람도 약간, 내 사랑을 다 전하려거든 짠 소금도 약간, 빼곡한 책장에는 빈 공간도 약간, 봄 오는 화단에는 쓸쓸함도 약간, 미안하다 말하려거든 눈물도 약간, 좋은 그림을 그리려거든 여백도 약간, 아직도 우리에게 사랑이 남았다면 헤어질 준비도 약간, 아네모네가 피었는데 어쩌나 아내 몰래 눈길도 약간, 늘 우리와 함께하는 약간.

민화 57

마음에 들지 않는다
아무래도 시골 쥐가
도시 쥐의 초대를 받았는지
왠지 불안하다, 도무지
마음이 놓이지 않는다
도시 쥐가 시골 쥐를 방문했을 때처럼
고양이가 있는 고향 같다
왠지 어수선하다, 도무지
마음에 들지 않는다
왠지 궁상맞다, 왠지, 왠지 하다 보면
들쥐나 두더지같이 사는 게 인생인가?
사는 게 시궁쥐보다 못한 것 같아
웬 쥐 웬 쥐 하는 것처럼 들린다
시골에서 이십 년을 살았고
도시에서 사십 년을 살았는데
나는 아직 시골 쥐 티를 벗지 못하고
시골에서의 기억이 멈칫한 옛날이 되어
왠지 불안하다, 도무지
마음이 놓이지 않는다, 그래서
주문처럼 왠지, 왠지 하다 보면

웬 쥐 웬 쥐 하는 것처럼 들린다
내 사는 게 마음에 들지 않는다
왠지 어수선하다, 도무지
마음에 들지 않는다.

민화 58

　야! 곡우에 봄비 온다. 마침맞게 곡우에 봄비라니! 올해도 풍년 들겠다. 새싹이 돋고 새잎이 움트고 망우초 잎이 말갛다. 야! 찻상 차려라. 곡우에 우전(雨前)이나 한잔하자. 야! 곡우에 봄비 온다. 내 꾸덕살 가슴팍도 봄 들판처럼 젖는다.

　야! 곡우에 봄비 온다. 줄탁동시(啐啄同時)는 이럴 때 쓰는 말. 방금 내가 알에서 깨어날 시간. 군밤 한 되를 심어도 싹이 돋아 밤나무 숲을 이룰 듯, 야! 텃밭에다가는 묵은 상추 씨라도 좀 뿌려야겠다. 야! 곡우에 봄비라니! 어디 빈 화분 저기에 있나?

　내 눈에는 이미 빈 들녘이 가득 차고
　내 마른 가슴이 먼저 젖어 싹 돋는다.
　꾸덕살 내 가슴팍에도 새싹 돋는다.

민화 59

슬픈 사람은 술 퍼
노을처럼 마음 놓을 자리도 없는 사람은
노을처럼 마음 놓을 자리도 없이 술 퍼
그러다 그러다 어두워지면
깊은 어둠같이 어두워지며 술 퍼
늘 슬픈 사람은 늘 술 퍼
노을처럼 어두워지며 술 퍼
말할 수 있는 슬픔은
이미 슬픔이 아니라고
주절거리며 술 퍼
노을처럼
붉게 퍼질러 앉아
슬픈 얼굴로 술 퍼
나중에는 노을보다 더 노을이 져서
술 푸는 것도 잊고 슬퍼
나중엔 정말 나중엔
슬픔도 목말라 술 퍼
술이 어둠보다 더 어두워져서
어둠도 어둠을 몰라볼 때까지
슬픔을 잊고 술 퍼.

민화 60

一　　내가 넌지시 옆구리를 찔러서
　　　임자! 하고 불러 보면
　　　그 끝소리가 꼭 들깨 향 같다

　　　한해살이 꿀풀도 임자(荏子)라서
　　　들깨가 많이 난다는 어느 섬에는
　　　그 들깨 향이 좋아
　　　섬 이름도 임자(荏子)라고 쓴다는데
　　　임자, 하고 부르고 보면
　　　내가 주인이라도 된 양 달싹인
　　　네 입술 주변에서 고소한 들깨 향이 난다

　　　반백 년을 살 부비고 살아서
　　　이젠 네가 주인이라고
　　　넌지시 입술을 달싹거려 불러 보는 말

　　　자꾸 나이가 들어가면서
　　　이젠 자네니 너네니
　　　너네도리하기도 좀 멋쩍으니
一　　넌지시 옆구리를 찌르듯

임자! 하고 불러 보면
그 끝소리가 꼭 들깨 향 같아 좋다

임자!
초로의 들깨 향 임자.

민화 61

요즘 부쩍 눈이 나빠져
활자를 보는데
옹인지 옹인지 옹인지 분간이
잘 안 간다, 산수국 헛꽃에만 눈길이
가닿아 진짜 꽃잎은 어디에
숨어 있는지도 모르면서
그 산수국 꽃숭어리가 참 탐스럽다고
연신 감탄을 하곤 머리를 끄덕인다
활자를 보는데 봄인지 붐인지
통 분간 없이 헷갈려 하면서도
이 봄날 연두가 얼마나
가슴 설레게 하느냐고 설레발을
친다, 늘 우리 곁엔 헛꽃들이
더 환하고 지천이어서 내 참살이가
어디에 있는지도 잘 모르면서
그저 산수국 헛꽃에만 눈길이 가
헛 헛
헛 헛 참.

민화 62

소도 없는데 쇠파리 날아들었다
이놈의 쇠파리, 새빠지게 날아다닌다
쇠파리가 새빠지게 날아다닌다
내 다락방 서재에 웬 쇠파리가
소도 없는데 쇠파리 날아들었다
이놈의 쇠파리, 이놈의 쇠파리
쇠파리가 새빠지게 날아다닌다
여름도 한낮 푹푹 찌는 다락방
내 다락방 서재에 웬 쇠파리가
쇠파리가 새빠지게 날아다닌다
책 보긴 다 틀렸다
뇌가 흔들린다
내가 흔들린다.

민화 63

해는 져도 아직 나는 젊다고
저기 엉덩이를 털며 먼저 일어서는
벗의 빈 소매를 붙잡으며
한잔만 더 하고 기세
잔을 들어 권하는 서녘이여
서녘을 바라보는 벗의 얼굴이여
목마른 낙타가 오아시스를 찾는다
파장 길의 빈속을 채우는
장터국밥 한 그릇과 소주 한 병
자! 잔을 드세, 떨리는 손과
이미 불콰해진 눈망울
내일보다 조금은 더 젊은
마지막 붉음의 오늘이여
해는 져도 아직 나는 젊다고
서녘으로 갈앉는 홍안의 구름이여
서운한 마음 그만 거두시라고
파장 길의 빈속을 채우던
장터국밥의 마지막 남은 국물과
벗의 빈 소매를 붙잡는 반쯤 남은 소주잔
자 그만, 툭툭 털고 일어서면

함께 비틀거리는 바른손에 쥐어진
눈알이 다 무른 간자반 한 손
목마른 낙타가 오아시스를 찾아간다.

민화 64

뒷짐 지고 먼 산
알아도 모르는 척
능청스럽게
내 집 앞뜰의 나비 날갯짓이
태평양이나 대서양을 건너면 태풍이 된다는데
알아도 모르는 척
아닌 게 아니라 정말로
듣고도 못 들은 척
알면서도 모르는 척
마음으로는 그렇지 않으나 일부러 그렇게
뒷짐 지고 먼 산
능청스럽게
찬물에 밥 말아 먹고 이쑤시개
마음으로는 그렇지 않으나 일부러 그렇게
아닌 게 아니라 정말로
나잇살이나 먹었다고
듣고도 못 들은 척
알면서도 모르는 척
뒷짐 지고 먼 산.

민화 65

갈수록 흐릿해져 가는 것이 황사만 아니다
아내는 손을 건네며 '사랑이 달콤해' 하는데
얼른 받아 보니 '달콤한 사탕'이다
이른 점심을 마치고 나는 진지하게
나의 오후의 일정을 설명하는데
아내가 '그릇 던지요' 해서
나는 깜짝 놀랐는데
그게 '그라든지요'란다
갈수록 어수룩해지는 것이 시력만이 아니다
뉴스를 듣다가 '그게 사람 노루인가?' 해서
문득 다시 문맥을 되짚어 보니
'그게 사람 노릇인가'란다
어쩌겠나? '달콤한 사탕'이나
'달콤한 사랑'이나 거기서 거기
'죽은 국화'나 '주권 국가'나
다 댓잎에 비 오는 소리
댓잎에 바람 부는 소리
그러든지 말든지.

해설

웃음과 체관의 시

구모룡 (문학평론가)

　장 아메리는 늙어 감을 저항과 체념 사이의 모순으로 해
명한다. 몸과 삶의 변화에 저항하면서 곧 체념에 익숙해
지는 과정을 말하려고 하였다. 이와 같은 모호함의 시간
은 죽음이 숙명인 모든 인간이 피할 수 없는 현실이다. 놀
라운 일은 장 아메리가 『늙어 감에 대하여』를 쓴 나이가 고
작 쉰다섯 살 때라는 점이다. 성선경 시인은 예순을 넘기면
서 「민화」 연작시 65편을 통하여 어떤 노경(老境)과 삶의 역
설을 풀이하고자 한다. 그러니까 '민화'는 웃음으로 표현하
고 체관으로 말하려는 삶의 풍경이자 이야기이다. 「시인의
말」에서 알 수 있듯이 그의 서재는 '소소헌(笑笑軒)'이다. 자
신을 향한 내적 웃음을 지향하려는 의지가 담겼다. 타인을
교정하려는 웃음이 아니라 자기의 삶을 체관하려는 웃음이
다. 이는 "짙고 옅음"의 "경계"를 가리지 않고 저마다 생의
내력을 긍정하고 이해하려는 태도이다. 그런데 이러한 태

88

도는 쉽게 주어지지 않는다. 무엇보다 내적인 견인주의적 주체의 정립이 먼저다.

봄이 왔다고 저 꽃잎에 집적되는 벌 나비
나는 절대 못 본 척하리라
꽃이 피는 소리 꽃이 지는 소리
정말 나는 못 들은 척하리라

저기 먹장구름이 비를 품고 와
나 이제 절벽같이 뛰어내릴 거야 고함을 질러도
그래 천년을 그렇게 버틴 금강송같이
정말 모른 척하리라

천둥같이
저기 산이 무너지는 소리
강이 넘치는 소리

나는 저 육십 년을 뜨거운 국과 밥으로 속을 채워 왔으나
나의 저 육십 년은 얼음의 말씀 얼음의 발로 꽉 찼습니다

이 차가운 심장.

　　　　　　　　　　　　　　　　　　　　　　　　　—「민화 49」 전문

보고 듣는 자연현상에 대하여 어떠한 흔들림도 없는 주

체를 상정하고 있다. 강렬한 어조에 견결한 태도를 나타낸
다. 지나온 생을 "얼음의 말씀"과 "얼음의 발"로 채우고자
하며 "차가운 심장"을 품으려 한다. 이와 같은 의지의 선택
은 시인이 보여 주려는 '노년의 양식'에 가깝다. "천년을 그
렇게 버틴 금강송같이" 주체를 정립하고자 한다. "육십 년"
을 지나면서 내린 삶의 입장이다. 그런데 이러한 입장은 태
도에 그치지 않고 어떤 본질주의를 내포한다. 변하는 것 혹
은 가시적인 것의 이면에 변하지 않는 것 혹은 비가시적인
것이 있다는 생각이 자리한다. 가령 이를 성리학에 빗대면
주리론(主理論)에 가깝다. "겉은 변해도 본질은 변하지 않는
거야"라는 진술이나(「민화 19」) "흰 것은 희고 검은 것은 검
다"라든가 "보름이거나 초순, 마시고 뱉어도 늘 그 달이 그
달"이라는 진술이 이를 뒷받침한다(「민화 24」). 그만큼 변화
보다 지속의 가치에서 시인은 자기 동일성을 얻는다.

> 오래된 백자가 있어
> 모란을 품으면 모란병
> 매화를 품으면 매화병
> 여름이 와도 지지 않고
> 가을이 와도 시들지 않네
> 오래된 사진이 있어
> 뒷배경은 시골집 툇마루
> 내 앞에 앉은 아이는 막냇동생
> 세월이 가도 나이를 먹지 않고

나이를 먹어도 늙지 않는

오래된 기억이 있네

목욕탕의 거울같이 흐릿한

오래된, 오래된 이야기가 있어

국을 담으면 국그릇

밥을 담으면 밥그릇

여름이 와도 지지 않고

가을이 와도 시들지 않네

모란을 품으면 모란병

매화를 품으면 매화병

아주 오래된 백자가 있어.

―「민화 12」 전문

먼저 "오래된 백자"는 "모란"을 품거나 "매화"를 품어도 "지지 않고" "시들지" 않는다. 그 본체는 변함이 없다. 마찬 가지로 "오래된 사진" 속의 "오래된 기억"이 있다. 이 모두 는 "오래된 이야기"인데 시인에게 시와 삶은 이러한 이야기 에 다를 바 없다. 또 다른 시편인 「민화 7」에서도 "이젠 옛 말 필요 없다 그러지만 그건 아니지"라고 편익을 좇는 세태 와 거리를 만들면서 "옛말"에 내재한 유구한 가치를 부각 한다. 이와 같은 시인의 시적 지향은 현실에 대한 회의주의 를 강화히면서 과거의 추억을 이끄는 서정직 회익과 다르 다. 이보다 일상과 생활 속에서 지속하는 의미를 견지하려 는 의지적 수행과 연관한다. 시인은 삶과 분리된 관념이나 정신 혹은 수직적 초월을 염두에 두고 있지 않다. 즉 "도를 찾아 길 떠나지 마라/밥 먹고 술 먹는 게 도다"라는 진술처럼 시인의 도(道)는 구체적 삶과 분리되지 않는다. "어디 따로 천국이 있으랴/도를 찾아 길 떠나지 마라/따뜻이 밥 먹고/술 먹는 게 그게 도다."(「민화 32」) 이처럼 시인은 옆으로의 수평적 초월을 추구한다.

매미는 온 어름의 노래 끝에

벗은 허물만 높은음자리표로 남았는데

거미여! 너는 오선지 위의

무슨 계명으로 우느라

날개조차 잃어버렸느냐?

떨어진 낙엽의 잎맥까지 얼어붙는

늦은 가을의 차가운 상강

귀뚜라미는 어디 가고

하얗게 서리 앉은 섬돌만 남아서

오는 이 없는 축담만 지키고 있는데

거미여! 너는 계명도 없이

거미여! 너는 음표도 없이

어디서 날개조차 잃어버렸느냐?

떨어진 낙엽의 잎맥까지 얼어붙는

구멍 난 예순(睿順)의 허허로운 거미줄

매미는 온 여름의 노래 끝에

높은음자리표만 허물로 벗어 놓는는데.

　키르케고르와 같은 맥락은 아니나 시적 화자도 "거미"를 주목한다. 주지하듯이 키르케고르는 인간을 거미에 비유한 바 있다. 창공의 새처럼 날 수 없고 나무처럼 대지에 뿌리를 내릴 수도 없는 불안한 존재가 인간인데 마치 거미줄에 매달린 거미와 같다는 생각이다. 이 시편에서 시적 화자는 "구멍 난 예순의 허허로운 거미줄"을 환기한다. "매미"나 "귀뚜라미"와 다른 "거미"의 생존에서 나이 드는 실존을 투사하는데, 바로 이와 같은 '세계 내 존재'의 지평에 성선경의 시적 위치 감각이 있다. "계명도 없이" "음표도 없이" 거미줄에 걸린 "거미"는 무위의 존재이다. 조르조 아감벤은 「창조 행위란 무엇인가?」에서 관조적 무위에 대하여 말한 바가 있다. 그는 "행동하거나 행동하지 않을 수 있는 스스로의 잠재력을 관찰하는 삶은 모든 행위를 무위적으로 실천하며 모든 순간을 오로지 하나의 가능성으로 살아가는 삶"이라고 하였다. 그가 말한 대로 "허공을 맴돌게 하는 방식으로 가능성의 길을 열어 보이는 기능"을 이 시편 속의 "거미"가 지녔다면 지나친 해석일까? 여하튼 시적 화자가 "노래"나 "날개"를 통하여 자기 존재를 증명하는 "매미"와 "귀뚜라미"와 다른 "거미"에게 '관조와 무위'의 의미를 부여하고 있음을 알 수 있다. 물론 보다 과감하게 성선경의 시를 무위의 시학이라 부르는 길도 있겠다. 가령 그는 「민화 13」과 「민화 22」를 통하여 어느 정도 진지하게 자신의 시관과 시인관을 표명하고 있다.

> 시를 읽는 마음은
> 폐지나 신문지를 내놓을 때
> 지난 문예지 한 권을 덧얹어 내는 손
> 제대로 읽어 내지 못한 글들이
> 폐지를 줍는 할머니 손에서는 귀한 횡재
> ㄱ 얼마나 무거운 책값을 하느냐
> 하는 생각, 내 집에서는 그저
> 다리 부러진 책상 받침이나 하다가
> 라면 냄비 받침이나 하다가
> 이제야 제대로 된 정말 귀한 대접
> 정말 책값 한다는 생각
> 사람이든 책이든 제대로 대접받는다는 것
> 참 소중하다, 시를 읽는 마음은
> 그들이 제대로 대접받게 하는 것
> 그저 덧얹은 책 한 권의 마음.
>
> ─「민화 13」 전문

"시를 읽는 마음"을 이야기한 시편이므로 시인의 시관을 각명하게 이해하긴 어렵다. 하지만 시가 효용과 교환의 기능을 지니고 있지 않음을 말하고 있다는 점을 주목하게 된다. "그저 덧얹은 책 한 권의 마음"처럼 시는 마음의 문제일 뿐 실용적이지 못하다. 마음을 다하여 쓰고 마음을 다하여 시를 읽는 일이 바로 시가 지니는 말의 잠재력이다. 그래서 시인은 말의 힘에 기대지 않는다. 시가 돈이거나 권력일 수 없다고 생각한다. 아무런 보상 없는 무위의 수행이야말로 시를 세상의 논리와 다른 자리에 둔다. 이러한 시를 쓰는 시인 또한 마음의 존재임에 틀림이 없다: "음식의 맛은 맵고/짜고 기름진 데 있다는데/이것들은 건강에 몹시 해롭다네/그런데, 시인은 인생의/맵고 짜고 기름진/이 마음을 취하는 사람/어쩌나, 이것 역시/건강에는 매우 해롭다네/그런데도 나는 시를 쓴다네". 이처럼 시인의 시적 지평은 마음에 있다. 그 마음은 "동녘을 버리고 서로만 가는 달처럼/물새도 물에 빠지면 죽는 것처럼" 무위적인 욕망의 소산이다.(「민화 22」)

성선경의 시는 무위와 마음이라는 두 가지 상호 연관되는 벡터에 의하여 시적 지향을 형성하고 있다. 이 둘은 그 개념을 엄밀하게 적용할 대상은 아니다. 앞에서 말했듯이 웃음과 체관이라는 형식이 훨씬 더 구체적인 규정이라 생각한다. 무엇보다 나이 듦은 시인에게 중요한 시적 주제이다. 「민화 33」이 말하듯이 "눈"과 "귀"와 "마음"이 멀어지는 과정이 몸의 정동(affect)으로 뚜렷하다. 이와 같은 몸 현상을 따라서 "한때 나도 꽃이었다"라는 마음으로 "봄"이 오고 가는 일을 관조한다(「민화 36」). 눈의 착란으로 "옹인지 웅인지 응인지 분간이/잘 안" 가는 상황을 봄날에 관한 지각의 혼란과 연결하면서 "늘 우리 곁엔 헛꽃들이/더 환하고 지천이어서 내 참살이가/어디에 있는지도 잘 모르면서/그저

산수국 헛꽃에만 눈길이 가/헛 헛/헛 헛 참"이라고 토로하
는 데 이르기도 하며(「민화 61」) "무릎이 아프니 곁늙은이 되
어 세상이/다 의자로 보여 잠시 쉬었다 가잔 말/목구멍까
지 올라와/기가 찬다"라고 진술하기도 한다(「민화 35」). 그만
큼 몸 경험(felt-experience)이 진솔한데 결코 무겁게 발화하
지 않으며 고통을 수락하면서 웃음으로 소격하는 의도를
드러낸다. 예를 들어 언어유희(pun)는 시인이 즐겨 체관의
정서를 웃음으로 유인하는 방법으로 쓰이고 있다. "생활이
란 활달하게 노는 것", "자고 나면 다시 생일/일어나면 다
시 생활", "살아 있는 날들이 다 생일/자고 일어나면 다시
생활"이 한자어의 의미를 활용한 유희라면(「민화 26」) "아내
는 손을 건네며 '사랑이 달콤해' 하는데/얼른 받아 보니 '달
콤한 사탕'이다", "아내가 '그릇 던지요' 해서/나는 깜짝 놀
랐는데/그게 '그라든지요'란다", "뉴스를 듣다가 '그게 사람
노루인가?' 해서/문득 다시 문맥을 되짚어 보니/'그게 사람
노릇인가'란다"라는 표현은 부실한 청력을 핑계 삼은 언어
유희이다(「민화 65」). 「민화 65」처럼 시인은 부부 관계를 이
야기하면서 이 방법을 빈번하게 활용한다. 「민화 8」, 「민화
21」, 「민화 31」, 「민화 39」, 「민화 40」, 「민화 60」 등이 그렇
다. 모두 내밀하고 도타운 정을 유쾌하게 표현하고 있다.

뒷짐 지고 먼 산

알아도 모르는 척

능청스럽게

내 집 앞뜰의 나비 날갯짓이

태평양이나 대서양을 건너면 태풍이 된다는데

알아도 모르는 척

아닌 게 아니라 정말로

듣고도 못 들은 척

알면서도 모르는 척

마음으로는 그렇지 않으나 일부러 그렇게

뒷짐 지고 먼 산

능청스럽게

찬물에 밥 말아 먹고 이쑤시개

마음으로는 그렇지 않으나 일부러 그렇게

아닌 게 아니라 정말로

나잇살이나 먹었다고

듣고도 못 들은 척

알면서도 모르는 척

뒷짐 지고 먼 산.

—「민화 64」 전문

 웃음에 이은 체관은 이 시편에서 보이는 시적 화자와 같
은 긍정적 태도로 나타난다. 이 시편에 나타나는 시적 화자
의 능청스러움은 위선이나 가장이 아니다. 품위를 지니면
서 불평하지 않는 노년의 표정으로 타자를 편안하게 하려
는 지혜와 연관한다. 시인은 「민화 17」과 같이 속담을 패러
디하거나, 「민화 34」나 「민화 51」처럼 우화를 인용하여 삶

의 아이러니를 말하고, 「민화 53」과 「민화 57」이 말하듯이 세태를 풍자한다. 모두 거리의 미학으로 체관의 태도를 확인하거나 웃음을 유발하는 효과를 만드는 시편들이다.

우리는 늘 착각하지
내가 선택할 수 있는 길은 수없이 많다고
그러나 알고 보면 삶은 일선(一線)
늘 우리가 걸어가야 할 길은 하나뿐
늘 일선이지
모든 부처는 일주문을 지나야만
그 광휘를 만날 수 있듯이
우리가 걸어가야 할 길은 하나뿐
언제나 오직 일선이지
내가 가지 못한 길은 원래 없는 길
내가 가지 못한 것이 아니라
내가 갈 수 없는 길이지
그런데 우리는 늘 착각하지
내 앞에는 여러 길이 있었다고
나는 그중 하나의 길을 선택했다고
그러나 알고 보면 삶은 일선
늘 우리가 걸어가야 할 길은 하나뿐
오직 그 하나뿐
나는 오늘도 그 선 위를 걷는다
고개를 숙이고 묵묵히

꼭 내가 선택한 길인 듯

머뭇거리지 않으며

머뭇거리며.

―「민화 42」 전문

　이 시편에서도 인생을 긍정하는 시적 화자의 태도가 잘 드러난다. 후회와 회한으로 존재를 멍들게 하거나 질식하는 어리석음을 "삶은 일선/늘 우리가 걸어가야 할 길은 하나뿐"이라는 명제로 극복한다. "내가 가지 못한 길은 원래 없는 길/내가 가지 못한 것이 아니라/내가 갈 수 없는 길이지"이라는 겸애의 태도는 어떤 합리화나 가식이 아니다. 오직 삶의 선택과 행위에 책임을 다하면서 분수에 만족하는 자세의 표명이다. 이와 같은 순명은 노년을 나르시시즘과 분열의 질곡에 빠트리지 않는다. 나이가 들어가면서 겪게 되는 자기 소외와 자기 신뢰 사이의 모호함을 벗어나 자아의 동일성을 유지하게 된다. 적어도 시인은 이 시편을 통하여 매일의 덧없음을 이겨 내면서 "고개를 숙이고 묵묵히" 자기의 길을 걷는 모습을 보여 준다.

어디 옷깃 닿지 않은 인연은 없어

동백의 꽃을 피우는 저 바람은

그대 귀밑머리를 스치고 온 향기

청명의 맑은 공기는

할머니 기일을 생각하게 하고

샛노랗게 유채꽃 피면

그대는 언제 배추흰나비로 올런가?

어머니의 겨울초 텃밭이 떠오르지

배 과수원을 하는 농사꾼은 배꽃이 원수라지만

입하 소만 지나 흰 구름은

그대 기원이 닿아 만든 것

처서 지나 피는 구절초에는

내 젊은 날의 허튼 맹세도 묻어 있어

두어 달 지나면 하얀 서리로도 내리지

할아버지 기일을 지나

솔잎 끝에 관솔 내음 짙어지면

눈도 내리지 않는 대설이 오고

오지 않는 눈이 쌓이듯 살아갈수록 비루한 세상

시린 세상의 바람에 몸을 담그면

나는 어떤 인연으로 여기까지 왔나?

어디 옷깃 닿지 않는 인연은 하나도 없어

찬 이마를 스치는 햇살 한 점도 연비간(聯臂間)

진진한 인연의 끈은 닿아 있어

실핏줄 같은 낙엽의 나뭇잎맥

내 그대의 하마 못다 핀 여린 꿈도

이제는 조금 알 듯도 하이.

— 「민화 25」 전문

먼저 시적 화자가 호명하는 "그대"가 궁금하다. "그대는

언제 배추흰나비로 올런가?"라는 구절과 결구에 등장하는
"그대의 하마 못다 핀 여린 꿈"이 상응하여 어떤 상실을 지
시하는 듯하다. "어머니"와 "할머니" 그리고 "할아버지"를
다 언급하고 있으니 혈육일 수 있겠다. 또한 "동백의 꽃을
피우는 저 바람"에서 "그대 귀밑머리를 스치고 온 향기"를
느끼니 시적 화자에게 매우 친숙한 존재임에 틀림이 없다.
하지만 "이제는 조금 알 듯도 하이"라는 구절의 어조에 견
주어 볼 때 "그대"가 아버지일 수는 없겠다. "배추흰나비",
"배꽃", "흰 구름", "구절초", "하얀 서리", "눈" 등의 하양 이
미지의 중첩을 통하여 시적 화자가 "그대"의 영혼을 위무
하는 사정임은 알기 어렵지 않다. 이는 곧 "눈도 내리지 않
는 대설이 오고/오지 않는 눈이 쌓이듯 살아갈수록 비루한
세상/시린 세상의 바람에 몸을 담그면/나는 어떤 인연으로
여기까지 왔나?"라는 자기 탄식과 결부한다. 상실과 애도
의 정조가 시적 흐름의 줄기를 이어 가다 "실핏줄 같은 낙
엽의 나뭇잎맥"에 이르러 그 의미를 증폭한다. 마른 "나뭇
잎맥"을 통하여 삶과 죽음이 숱한 인연으로 이어져 있음을
안다. 시가 애도의 한 형식이라면 이 시편이 그에 가장 적
합하지만 65편에 달하는 「민화」 연작에서 그 위상이 특별
하게만 느껴진다. 그만큼 어떤 "기원"을 말하는 이 시편을
배치한 시인의 의도를 알기 어렵다. 하지만 한 가지 확실한
사실은 사랑의 경험이 이와 같은 절창의 시편을 가능하게
했으리라 믿는다. 모든 인연을 다 동원하고 있는 만큼 시인
이 그만한 공력을 기울여 쓴 시편이라 생각한다.

나뭇잎을

나무 입이라고 적는다

우두커니, 숲속에 들어

나는 아무런 말도 하지 않는데

바람이 지나는 길목 저 이파리들

말들이 너무 많아 시끄럽다

숲속에 들어 그림자도 없이 우두커니

나는 허튼 단 한마디도 하지 않는데

저 이파리들 말들이 너무 많아 시끄럽다

시간도 공간도 다 거미줄같이

여기서 저기까지 이어진 다 한 잎맥

나뭇잎을 나무 입이라 적으니

저 이파리들 말들이 너무 많아 시끄럽다

연두는 애잔하고 초록은 관능적

이 여름을 나는 또 어떻게 하나?

숲속에 들어 말도 없이

우두커니.

— 「민화 27」 전문

예의 언어유희에 시적 발상을 두고 있으나 모처럼 이미지의 활력이 뚜렷하다. "나뭇잎"을 "나무 입"으로 읽으면서 숲속이 요란해졌다. 시 속의 화자는 "단 한마디도 하지 않는데/저 이파리들 말들이 너무 많아 시끄럽다"라는 역설이 이 시편의 경계이다. 결국 시는 말로써 침묵에 도달하는 과

정이다. 시인은 이처럼 뒤집힌 시적 역설을 이해한다. "이
여름을 나는 또 어떻게 하나?"라는 물음에서 앞서 인용한
「민화 25」와 무연할 수 없음을 안다. 결국 시인은 궁극의
물음을 회피할 수 없다. "숲속에 들어 말도 없이/우두커니"
서 있지만, 존재의 부름에 이끌리고 인연과 삶과 죽음을 사
유하게 된다.

> 작약 한 그루
>
> 모란인 줄 알았다 그래도 태연자약
>
> 함박꽃이라 그래도 태연자약
>
> 구십을 넘긴 할아버지처럼
>
> 구십이 다 된 할머니처럼
>
> 한낮의 햇살 아래 태연자약
>
> 나는 아직 못 가 본 저 세계
>
> 참 환하다.
>
> ―「민화 1」 전문

　연작의 가장 처음 시편이다. "태연자약"을 유희하나 시
적 화자의 심중에 놓인 궁극의 질문은 사라지지 않는다.
"나는 아직 못 가 본 저 세계"를 상상하게 된다. 이와 같
은 감각은 「민화 11」처럼 "낡은 수도꼭지에서 떨어지는/낙
숫물 소리"에서 "어디서 누가 사십구재를 올리나/목탁 소
리가 처량하다"라고 연상하는 데 이른다. "별것 아닌 것들
이 별것"으로 인식되고(「민화 14」) "꽃 필 테지? 꼭 꽃 필 테

지?/꼭 꼭 묻는다"라고 진술하듯이 유희에도 근원적인 질문이 묻어나기 마련이다(「민화 37」). 언어유희에 기반하지만 「민화 48」은 죄의 문제를 묻고, 「민화 50」은 "불안"을 주제로 삼는다. 또한 「민화 52」가 우정을 말한다면, 「민화 59」는 "술"과 삶을 이야기하고자 한다. 이처럼 성선경의 「민화」 연작은 가볍고 경쾌한 목소리로 때론 무겁고 심각한 의미를 슬쩍 들려준다. 그 태도가 편한 듯하나 「민화 47」이 전하듯이 깊은 존재의 문제가 잠복하고 있겠다: "낙타가/사막의 가시나무 잎을 먹으며/온 입술이 자신의 피에 젖듯이/열흘에 아흐레는/빚에서 빚으로/오오! 빛나는 내 밥숟가락이여/구름의 자유처럼 헛된 발자국이여/이자가 이자를 낳는 그믐을 지나/물집의 핏물로 적신 발바닥을 지나/이제야 당도한 늦은 서녘에/거룩한 노을을 내려놓는다/황혼의 혓바닥같이/질긴 내 허기를." 그러나 아직 시인이 말하는 "황혼의 혓바닥같이/질긴 내 허기"에 당도하는 방법이 막연하기만 하다. 짐짓 그가 즐거움과 나이 듦의 평온을 과장한 탓일까? 아니면 「민화 54」가 말하는 "눈물의 쓴맛"과 존재론적 갈증을 여지껏 이해하지 못한 까닭은 아닐까?